五行歌集

環境保全活動

美保湖
Mihoko

そらまめ文庫

環境保全活動　目次

1　我が家はお笑い系

「お父さん、
あなたは
私の
ジョン・レノンよ」
「ジュン・レモンって何や」

「僕なんか
顔がパズルでもええから
背が欲しいわ」
弟よ、それじゃあ
モテないヨ

夕飯のおかず
何にしようかな
あら、鰯雲が
霜降り肉みたい…。
たまには奮発しちゃお!

我が子可愛や
可愛や我が子
お迎えの3時は
まだかしら？
待っててねー。

「お姉ちゃん、お水くんで♪」
「お姉ちゃん、肩もんで♪」
そういう時だけ
可愛い声出す妹よ
ちゅき♡

うちのペットは亀のウニャです。
先日卵を産んだので
女の子だと判りました。
彼女は
恋をしたのでしょうか

小学４年生の頃から
母に教わった肉じゃがは
姑、嫁、私と受け継がれた味
コツは玉葱をよく炒めて
「容子の方が母さんより上手い！」

大のお気に入りだった
沈丁花の木が
いつの間にか　無い
あーっ、天国のジイちゃん
勝手に売ったなーっ!!

弟は高二の頃
義理の下の
情チョコ、余りチョコ、
かけらチョコを貰ったと
苦笑い

ボク
明日が楽しみ
だって
お昼は
かにチャーハンだもの

「お父さん、もし私が
遠くへお嫁に
行くとしたら
どうする?」
「わしゃお前について行くわ」

まだまだ
わしの目は黒いゾ
カンテキになれるゾ
恐い恐い、お父さん
でも好き

※カンテキ・しちりん。関西の湯沸かし器

妹
「こっち向いて」
私
「チラリ」
見返り美人

んもう、お父さんたら
最近、
健康食品オタクなんだから
いちいちピンポンに出る
娘の身にもなってよネ。

夏は北海道
冬は沖縄
娘2人よ
嫁に行ってくれ
梅雨時に逝った母の夢

どうして、おんなのひとは
かみのけを
つまんではすて、つまんではすて
するのかなあ
ぼく、ふしぎ（弟の口ぐせでした）

妹の
うそ泣きは
ギャグだが
心の涙も
混じってる

妹とごはんを食べて
妹とおしゃべり
妹に何でも相談
こんな毎日で
幸せ♪

妹の
希望は
早い歳で
安楽死
おかしいかしら?

お父さん
お母さん
妹よ、弟よ
愛してる
死なないで

2　苛められた過去

薔薇を傷付けた私を
「可哀想やんけ！」と
蹴った貴女
薔薇よりも
愛されていますか

「あたしは普通の子やもん」
私は一瞬、えっと振り向いた
なるほどその子は
誰が見ても
普通の子だった

そんなにはずれるのがこわいの
皆と同じことを
してさえいれば
異端視されないし
責任取らなくてすむもの

鳩尾を
えぐり取られる人がいる
ってことに
気付かない
その他大勢

一年生になったら
一年生になったら
友達
百人
嫌われた

サッカーボールの
ように
ボコボコに
蹴られた事も
あったわ

毎日
汚い
物
扱い
された

私も
加害者だった
傍観者だった
当時は
気付かなかっただけ

あんまり幸せに
慣れていないから
少しの幸せに浸ると
かえって後が
恐くなる

小学生の頃
「きしょり」と呼ばれた
気色悪い奴という意味
ひどい鮫肌だったので
思いっ切りイビられた

「きしょりのくせに
キティちゃんの
セーターなんか
着てくんな！」と
キック！

男に
どてっ腹
蹴っ飛ばされるなんざ
とっくの昔に
慣れっこよ！

我が母校（高校）には
いじめを
寄せ付けぬ
主《ぬし》が
住むそうな

若い女教師の言葉
「見てみ、
不良に命令されて
あんたを蹴ってるけど
辛そうな顔して」

同じ教師の言葉
「Tって娘《こ》には
何のとりえもないねん
お前が助けてやれよ」
そりゃアンタの仕事やろが！

3　芸能界

夢で見たことがあります。
あれは、船旅でした。
女性代表は和田アキ子さん
男性代表は木村拓哉さんでした。
私は、雑用係。

こんな、いつまでたっても
給料泥棒の私に
暖かく優しく
接して下さったのは
和田さんだけでした。

木村拓哉さんは、
「さすが!」という言葉が
ピタリとはまる方でした。
私に、ちょっぴり優しく、そっと厳しく
毎日さとして下さいました。

ああ、いっそのこと
一生このまま
お船に揺られていたい
"Thank you very much"
"You're welcome"

でも、家族も
命の恩人たちも大反対。
「あんなとこ
人間の
行くとこちゃうよ」

うそ、うそ、うそ、うそ？
でも、本当は本当なのね
芸能界の皆様
素直になってネ
きっとネ

4 槇原敬之様

ねぇ　マッキー
貴方は私達の世代の
出世頭
それが私の
小さな自慢のひとつだった

ねぇ、マッキー
貴方と同じ高校の子が言ってたよ
休み時間には
いつもギターをかき鳴らして
級友達の輪の中にいたって

ねぇ、マッキー
びっくりしたわ
ラジオで知ったの
「覚醒剤所持疑惑で逮捕」
二度目だなんて…。

ねぇ、マッキー
夢に出てくる貴方は
サンタクロース姿
夢占いで調べたら
「あなたがお金持ちと思ってる人」だって。

ねぇ、マッキー
面食いの私でさえも
貴方の作る歌、喋り方
礼儀正しさ、
大好きだったのに

ねぇ、マッキー
私は神仏じゃないから
貴方を裁けない
良過ぎる自分に呆《あき》れて
ひとつくらい悪さをしたかったの？

ねぇ、マッキー
私の一番好きな
あなたの曲は
「ひまわり」
昔の自分と重なるの

ねぇ、マッキー
バカなマスコミなんて
相手にすんなよな
ファンという味方がいる
人気芸能人は得だから

ねぇ、マッキー
悔しかったら
ビートルズの
Ｌ・Ｓ・Ｄ《ルーシー・イン・ザ・スカイ・ウィズ・ダイアモンズ》を超える曲
素面《しらふ》で作ってみなよ

※ＬＳＤ…幻覚剤の一種

5　環境保全活動

阿多々羅山を切りました
阿武隈川も埋めました
ごめんね、智恵さん、光太さん
同《おんな》じ日本人《にっぽんじん》として
どうお詫びして良いのやら

世界中のＶＩＰの皆様
緑の妖精の遺言状です
もう時間切れです
どうかこの素晴らしい地球を
未来の子供達に

死んだら天国へ
なんてゼイタクは
もう言いません。
だから神様仏様
地球を助けて。

日本の四季から
春と秋が消える!?
やっと四季の素晴らしさを
理解《わかり》しかけたというのに。
夏・夏・冬・冬…。

高山植物は
幾千種も絶滅した
無垢な姿を
山男山女達の
瞼に焼きつけて

自分さえ良ければ、と
地球を破壊《こわ》しました
必ず改めます、と
泣いて詫びながらの
環境保全活動は続く

能勢の原始林は
ただの公園になれた目には
荒々しくも繊細で
セクシーな不良少年のよう
抱かれたい…。

排ガスに
吹かれ
四ツ葉のクローバー
枯れないで
未来を信じたいから

「かわいい子は得ね」って
雑草でも思うのかナ
草抜きの時
すみれだけを
残したら

山と水
人間に
切り刻まれ汚されても
人間の
命を守ってくれた

（山口百合子さんの文章より）

このお歌は私の作品ではありません。大阪のとある環境ＮＰＯの代表をなさっている山口百合子さんという女性の、ある文章のごく一部です。私はこれに大変感動して、「この文章を私に下さい」とお願いしたら、快諾して下さいました。

次頁にそれを載せさせて頂きます。

神戸、鵯越の谷間の川沿いに住んでいた子供の頃、せせらぎが雨が降ると大きな川になるのをながめていた。上流の山を切り崩し、住宅開発がすすみ、その川は大雨があると暴れ出し、今にも家に迫ってきた恐怖を覚えている。そのとき、飼っていたアヒルもいなくなった。

そして、九五年の大震災の神戸の市民を救ったのは、川と湧き水だった。家庭排水が流れない川のなんと清らかなことか。市街地の側溝から吹き出す水の清々しさ。

山と水、人間に切り刻まれ汚されても、人間の命を守ってくれた。私の環境保全の決意は、この子供の頃の原風景と震災にある。

私の家は
大自然《ジャングル》を破壊した木材で
出来ている
こんな家を建てて
地球よ、ごめんなさい

みどり児や
今は
隠れていましょうね
でも私達
表《おんも》へ出してあげられないかも…。

許さないで
子孫達よ
地球を壊した
私達先祖を
許さないで

キレイな食べ物は
子供達が食べ
ヨゴレモノは
老人が食べる
時代が来るそうです

私は子孫達に
大変申し訳なく思っています。
自分達だけは
四季折々の美しさを楽しんで、
そのとんでもないツケを押し付けて…。

精一杯
環境の仕事を
続けるのが
せめてもの
つぐない

歩くだけの
デートは
世界最先端
乗り物に頼らず
てくてくテク、、、
シー

私には
花の冠《かうぶり》
貴方には
草の冠
インドネシアの野原で

環境問題は
長ーいトンネルの先に
針の先ほどの光が
見えているものと思っていたが
そんな甘いものではなかった。

賀茂川のほとりは
全てを許してた
岸辺には
白地に青の
COP3の看板

エコリーグの希望は
どこへ消えたの？
COP3の夢は
どこへ行ったの？
えっ、パリ!?

十二月の
うねりよ
世界《まち》を飲み干せよ
ＣＯＰ３の願い
天まで届け！

6
五行歌賛歌

川端康成と
大江健三郎が
五行歌を見たら
「こいつはいい!」と
叫ぶだろう

五行歌って
素敵ネ。
これからも
洗練されて、洗練されて
変わっていく…。

溺れた。
沈んだ。
踠《もが》いた。
掴んだ。
五行歌。

五行歌

何となく
紹介されたあなたが
何となく
付き合ってきたあなたが
今では私の半身

入院中に出来た
約二百首の歌を
友に見せに送ったら
「届いてない」という
事故にでもあったのかしら

大先輩達には
とてもかなわぬと
思えてきた
人生も
五行歌も

人生に
無駄なんて
一つもないと
やっと信じられたのは
五行歌に出会えてから

自分で打った
フェイスマークに
励まされたら
歌ひとつ
出来ちゃった

仕事も出来ない
ダメ人間と
思い込んでいた私に
生きる光をくれた
五行歌

現実には
無理な夢でも
叶うことがある
それは
五行歌の中

私が愛してやまない
五行歌
他の人も愛する
五行歌
全て愛しきものたちよ

退院したら
何しようかな
たぶん何にも
できないだろうな
でも五行歌命！

私の趣味のひとつ
「本音で人を誉める」
間違っていない
五行歌が
証明してくれる

きらきらひかる
おそらの五行歌《ほし》よ
じょうずも
へたも
かんけいないね

働くだけが
人生なら
今の私には
生きる資格がない
私の仕事は五行歌

五行歌のお勉強と
称して
月刊五行歌を
マンガ感覚で
読む

このくらいの歌
大自然の中で
育っていたら
私にも詠めたかも
(ごめんなさい)

五行歌
それは花
そして凶器
私を走らせる
ID《イド》

難しさに
チャレンジ
し続けて
こその
五行歌

決めたわ！　私。
五行歌の
最大のライバルは
額田王
アンタや！

近鉄奈良線「額田駅」は
私のお膝元
今度行ってみようかしら
ウラヤマシイデショ
草壁先生？

歌なんて
笑って泣けりゃ
それでいいじゃん
固いこと言うなヨ。
(アレッ!?　官能歌忘れてた)

そうだ
そうだよ
私は
こんな歌を
歌いたいんだよ
(秀歌集を写筆中に)

骸《むくろ》を
喰《は》んだら
ええ五行歌《うた》
出来《でけ》ん
ねんで

五行歌に
出会えたお陰で
辛《から》くも
〃中流幻想〃に
陥らずに済んだ

「どう？　貴女に
こんな歌が詠めて？」
「いいえ、でも
私は私の歌で
勝負するわ。」

※額田王との対話のつもり

跋

草壁焰太

美保湖さん、いい五行歌集を出してくれたね。歌集を読んで、自分の歌集を読むように嬉しかった。最初の「我が家はお笑い系」の、

「お姉ちゃん、お水くんで♪」
「お姉ちゃん、肩もんで♪」
そういう時だけ
可愛い声出す妹よ
ちゅき♡

妹
「こっち向いて」
私
「チラリ」
見返り美人

こういう歌で、作者の歌が「ちゅき」になってしまった。こんなにカワイイ歌、他にはなかなかない。

小学生の頃
「きしょり」と呼ばれた
気色悪い奴という意味
ひどい鮫肌だったので
思いっ切りイビられた

いじめを受けた少女期の歌にも心に残るものがあり、タイトルの環境問題の歌も真面目でいいが、私がとくに好きになったのは、最後「五行歌賛歌」の章である。こんなに五行歌を心の底から褒め称えてくれた人は、いないといっていい。まさに五行歌が人生を変えるというような働きをしてくれたのであろう。

人生に
無駄なんて
一つもないと
やっと信じられたのは
五行歌に出会えてから

仕事も出来ない
ダメ人間と
思い込んでいた私に
生きる光をくれた
五行歌

五行歌で自己表現が出来るようになることは、生きる光になるということなのだ。

それこそ、五行歌のいいところとして、私の言いたいことであるが、面映ゆさもあってなかなか言い切れない。

この章の歌は、私の心を代弁してくれている。

美保湖さん、ありがとう！

あとがき

私が五行歌を始めて、もう二十三年になります。

その頃の私は、大失恋、家庭内の不和、いくら転職しても適職にめぐり会えず等で、精神的、肉体的に非常に追いつめられた状態でした。そんな二〇〇一年の二月四日、五行歌の先輩で高校入学以来の親友である大西直子さんが、「五行歌って知ってる？」と勧めてくれたのがきっかけでした。

彼女は私を、東大阪歌会に連れて行ってくれました。そこで出会った皆さんは、私にとても優しく温かく接して下さいました。

その時提出したのが、私の初めて作った歌でした。

心がボロボロに千切れた日は
足の裏の筋を
指でたどりながら眠る
私にだってあったはずなの
幼い頃の幸せな思い出が

この歌は歌会の皆さん、特に草壁先生から非常に好評を受けました。それに気を良くして、私の五行歌にのめり込む人生が始まったのでした。

さて、拙書の方ですが、いざ出版して手元から離れてみると、少し恥ずかしいような、歯がゆいような、心もとない気持ちで一杯になります。ケラケラ笑えて、くすんと泣ける、そんな一冊に仕上がりました……なんて言ったら、自画自賛過ぎるでしょうか。

最後になりましたが、出版まで様々な事務手続きを請け負って下さった三好叙子さんと水源純さん、私の五行歌の歩みをいつも見守り続けて下さった小阪病院の関係者の皆さん、そしていつの日も三人四脚で一緒に歩み続けてくれた妹と弟、私の処女出版を夢に見ながらとうとう間に合わずに他界した父に、心からの愛と御礼を送ります。

美保湖

二〇二四年　四月

美保湖（みほこ）
本名　中谷容子
1969年9月30日生まれ 54歳
〒577-0821 大阪府東大阪市吉松 2-11-47

そらまめ文庫 み3-1

環境保全活動

2024年4月15日　初版第1刷発行

著　者　　美保湖
発行人　　三好清明
発行所　　株式会社 市井社
〒162-0843
東京都新宿区市谷田町 3-19 川辺ビル 1F
電話　03-3267-7601
https://5gyohka.com/shiseisha/

印刷所　　創栄図書印刷 株式会社
装丁　　しづく

ISBN978-4-88208-210-1

五行歌五則 ［平成二十年九月改定］

一、五行歌は、和歌と古代歌謡に基いて新たに創られた新形式の短詩である。

一、作品は五行からなる。例外として、四行、六行のものも稀に認める。

一、一行は一句を意味する。改行は言葉の区切り、または息の区切りで行う。

一、字数に制約は設けないが、作品に詩歌らしい感じをもたせること。

一、内容などには制約をもうけない。

五行歌とは

五行歌とは、五行で書く歌のことです。万葉集以前の日本人は、自由に歌を書いていました。その古代歌謡にならって、現代の言葉で同じように自由に書いたのが、五行歌です。五行にする理由は、古代でも約半数が五句構成だったためです。

この新形式は、約六十年前に、五行歌の会の主宰、草壁焰太が発想したもので、一九九四年に約三十人で会はスタートしました。五行歌は現代人の各個人の独立した感性、思いを表すのにぴったりの形式であり、誰にも書け、誰にも独自の表現を完成できるものです。

このため、年々会員数は増え、全国に百数十の支部があり、愛好者は五十万人にのぼります。

五行歌の会　https://5gyohka.com/
〒162-0843 東京都新宿区市谷田町三—一九
川辺ビル一階
電話　〇三（三二六七）七六〇七
ファクス　〇三（三二六七）七六九七